［俳句とエッセー］

山ガール

山本純子

創風社出版

俳句とエッセー　山ガール

目次

口語訳『奥の細道』

ふと

このごろ

校歌

口語訳『奥の細道』

口語訳『奥の細道』
フーテンの寅さんふう序章

いいかい、さくら。歳月なんてものはいつまでたってもワラジを脱げねえ流れ者《もん》みてえなものよ。船頭や馬子などという労働者諸君は毎日が旅よ、旅を寝ぐらにしてるみてえなものよ。昔の詩人の先生方も大勢旅先でくたばっていらっしゃるんだ。オイラもいつの頃からかヤクザな風に誘われて、浜から浜への風来坊よ。

去年の秋には柴又のボロ家へ舞い戻り、そのまんま年は暮れたものの、春ともなれば桜の花が北へ北へと咲きのぼるのを追って白河の関を越えたくならあな。旅の神様にオイデオイデをされるってえと、もう、ケツに火が点いたようなものよ。もも引きを繕う、笠の緒を付け替える、三里には灸をすえる、結構毛だらけ猫灰だらけオイラのスネは灸だらけってね。するってえと松島の月がまず見たくなる、ボロ家を売っ払う、子分の杉風のセカンドハウスとやらへ引っ越す。

草の戸も住替る代ぞひなの家

〈オイラのボロ家にも新顔が住みついて雛人形を
飾ってらあ、上等じゃねえか〉

とまあ、落書きをボロ家の柱へ貼っておいたというわけよ。

一九八八年『週刊朝日』が、『奥の細道』三百周年を記念してパロディ口語訳を募集した。同誌は当時、次々にパロディを募集していて『奥の細道』はその第五十六回。「さぞや芭蕉翁もびっくりするやら感心するやら……」という見出しで、拙訳が掲載されている。選者は、丸谷才一氏、井上ひさし氏、同誌編集長であった永山氏。

私は一席をいただいた（ちなみに大賞の次）。三十一歳、高校教員として古典の授業を何とか面白くしようと模索していたころ。賞金は三万円、何に使ったかはよく覚えている。柿の木を一本買って庭の真ん中に植えた。

初冠雪

行く春のカモメの歩く漁師小屋

灯台のなかまは彼方草いきれ
なにもかもまたいで歩く海の家

砂の城浮き輪とならばどこまでも
浮き輪から大山《だいせん》を見る足指も

内海というバス停にいて秋燕

秋の浜大人になったから座る

廃船を描く人いて鰯雲

どの人も傘はステッキ初冠雪

灯台は夜明けにほっとする初冬

手袋でうさぎ作って一人旅

ふと

夜中に

夜中に目がさめると
おもてを車の通る音が
きこえる
どこへ行くんだろう
こんな時間に……
服着て
くつはいて
ちゃんと目をあけて
だれかが……
と思っているうち

いつのまにか
朝までねむる

夜中に車を走らせると
どの家の窓も
まっくらだ
どんな夢をみているんだろう
この町で……
ねまき着て
ふとんかぶって
ぼんやり口をあけて
みんなは……
と思っているうち
いつのまにか
朝まで走る

退職までの数年間、美術系の高校に勤めていた。ある日、美術科の先生から、山本先生の詩を課題にして生徒たちが作品を描いた、ついては今から合評会をするので見に来てほしい、と声をかけられた。この「夜中に」が課題になっているという。三年生の受験対策の講座で、詩からイメージして色彩や画面構成を工夫する、という内容の実習らしい。

行ってみると、実習室の白板に十数枚の絵が貼られている。ほとんどの絵が暗い色調で描かれているので、何でだろうと思ったが、考えてみれば夜の詩だった。寒色系の色遣いをしている作品について、詩をちゃんと読み取っているかというような指摘を、美術科の先生がされた。合評会の最後に、作者としてはこの詩をどんな意図で書いたか、と問われ、そんな問いをされたことがないのでとまどってしまった。「それは読む人が自由に読んで下さればいいので、もごもご……」と自分でも、歯切れの悪いことこの上なしだ、と思いながら答えた。

考えてみると私にとって詩は、書いていたらこんなふうになりました、という感じで出来上がるのがふつうで、「意図は」と問われると「えっ、そんなのあったっけ」というのが、本当のところだ。けれど、問題を出されるとつい答えを考えてしまう教員の習性で、廊下を歩きながらつらつら考えたら「ああ、人恋しさなんだな」と気がついた。そして、人恋しさって色で表現するとどんな色になるんだろう、とも考えた。

花

白い
小さな花が
一面に
風に揺れ
何の花だろう

ああ、
見えてきた
そばの花
そばの花の咲く時季か

列車は
山沿い
カーブを曲がり

はるかに続く
そばの花
その畦道のひとところ
人が
ぎっしり立っている

しゃがんで立って
動きはじめた

白い

小さな花が揺れ
首には
カメラが咲いている

その
休日の
畦道にぎっしりのみなさん

みなさんの、
そばの花
特急列車はカーブして
の構図の中には

休日の
乗客がぎっしり

カメラへ向かって
まばたきせずに
いるんですよ

この詩を読んだ人から「あれ、サンダーバードに乗って福井を走ってるときに見える場所じゃないかなあ」と声をかけられ、何で分かったの、と驚いた。私は石川県加賀市出身なので、ふるさとへ帰るときには決まって京都駅からサンダーバードに乗る。

福井の今庄を過ぎるとき、サンダーバードが大きくカーブを曲がると、初夏なら満開のそば畑が広がる地点がある。名産の越前そばだ。乗車するときから、その景色に出会うことを期待しているわけではない。そば畑が目に入ってきてはじめて「ああ、そばの花だ」と変に感動するのがいつものパターン。その地点、ほかの人にも印象的なんだ、ということがこれで分かった。

撮り鉄の集団をみつけたのはそこだったか、よその場所だったか忘れたが、自分の乗っている列車をカメラの一団から待ってましたとばかりに撮られるのは、何だかこそばゆい。私を狙っているわけではないのに、それほどのものじゃございません、というような気分になる。

ふと

夜店の人込みを離れ
りんごあめの
真っ赤なあめの部分をなめながら
ふと考える
ここにおまわりさんが現れて
どうしたわけか
あんたりんごあめを食べただろう
と言う
その場合はとりあえず
いいえ、と答えるつもりだが

そしたら、おまわりさんは
それじゃあ、舌を出してみなさい
と言うかもしれない
そうなったら困るなあ

などと考えながら
りんごあめをじっくりなめる

りんごあめをなめるとき、人はみんなこんなことを考えるものだ、と思っていたら、そうでもないらしい。それは意外なことだった。それで、なぜ私はこんなことを考えるのだろう、とつらつら考えてみたら、「ああ、あれだ」ということに思い当たった。

こどもの頃、学校からの帰り道の一画に桑畑があって、夏が近づくと、赤紫色の桑の実が生った。それを見ると、ちょっと桑の木の間に入り込んで食べてしまいたくなるし、もちろん食べてしまっていた。桑畑の持ち主にみつかるとまずいなあ、と思いながら腰をかがめて、甘酸っぱい初夏の味を楽しんでいた。もしみつかって（みつけるのは、そこのおじいさんだと予想していたが）、「あんた、うちの桑の実を食べただろう」と言われたら、どうやって切り抜けよう、桑の実は食べると舌が紫色に染まってしまうので「舌を出してみろ」と言われたら万事休すだ、などと考えながら、一つ一つ味わっていた。

そんな原体験と言うか罪悪感が、長じて自分のこづかいでりんごあめを買って食べる時にも、ふと無意識の底から現れて、誰でもりんごあめは万が一のときの言いわけを考えながら食べるもの、という思い込みを生じたらしい。でもそれじゃあ、ほかの人はどんなことを考えながら、りんごあめをなめているんだろう。

〇

おかたづけ
したくないから
シャボン玉

この詩は本文だけだと五七五音で俳句と同じ。俳句を意識して作ったものだ。詩にはタイトルが必要だが、タイトルで音数を増やしたくない。それで「〇」。もちろん草野心平詩集『定本　蛙』の中の「冬眠」の手法を借りた。「冬眠」の本文は「●」のみ。学校で〝この「●」は何を意味するでしょう〟と問うと、ほとんどのこどもは〝蛙が冬眠している穴〟と答えるだろう。「●」の形と色は、穴を連想させるから。それに『定本　蛙』の中で「冬眠」の一つ前の「秋の夜の会話」には蛙のセリフと思われる「もうすぐ土の中だね／土の中はいやだね」という詩句がある上、「冬眠」では詩の下部にぽんと「●」が配置されていて「●」が地面の下にあることをイメージさせる。そんなことから「●」を〝蛙が冬眠している穴〟と鑑賞するのは妥当。

とは言え「●」には音を持たない、という面もある。蛙の鳴き声の途絶えた無音の世界。この音を持たないという面が、わたしには重要。「○」と白抜きにすると、形と色がシャボン玉に通じるところが好都合。先人が生み出した実験的な手法を安易に流用して申し訳ない。

この文章を書きながら『定本　蛙』を読み直してみた。すると「冬眠」と並んでよく知られる「春殖」、これは「るるるるる……」と〝る〟を連ねて蛙の卵を表現したような作品だが、その次の「月の出」という作品に目が留まった。

月の出

月をめがけてわれらゆく夢のあし。

この一行の詩、音数が十七音。句点は付いているものの、心平さん、ひょっとして俳句を意識されたのか。それなら「月の出」というタイトル、「〇」にする手があったかも。不遜にもそんなことをお話ししたら、心平さんはどんな反応をされただろうか。

平成二十八年度の第十二回三好達治賞は、大橋政人さんの詩集『まどさんへの質問』が受賞された。大橋さんはとても少ないことばで、でも短篇というわけではない詩を書かれる。日常のとなりに哲学があって、ふっと哲学の方へ頭が傾いたり、またふっと日常の方へ戻ったり、その軽妙さが魅力になっている詩人だ。大阪中之島で開かれた授賞式のあと〝大橋政人さんを囲む会〟で、私は受賞詩集から二篇の詩を朗読させていただいた。その一篇が「タイトル」という詩。その中に、

いい加減に

エイヤッとつけたタイトルなんて
首がグラグラしている
キリンさんみたいだ

それでも
ないよりはいい

という詩句がある。

私の「○」、エイヤッとつけた感もある。もし朗読するとなったら、このタイトル、どうすればいいんだろう。両腕を頭の上へ挙げ、輪っかを作ってちょっと黙っている、それしかないな。うん、いざとなったらそうしよう。

夏山

五月へと発声練習するこだま

夏山の動詞になっていく私

七月をぷるぷる歩く天然水

塩借りに丸太を渡るキャンプ村
テントから漏れるアニソン口ずさむ

カヌー干すカレーは次の日もうまい

少年は夏の中州に徒長する

恐竜の骨格抜けて薄暑くる

捕虫網やさしく触れたものばかり

雷雨です二足歩行のわたしたち

草干して豚とわたしと仔豚たち

４Ｂのえんぴつのさき晩夏光

カナカナと八月三十日《みそか》が鳴きました

ここからは一人で行ける青みかん

柿たわわ地中の火事の音がして

アニメの聖地

初雪へひとりひとりが舌のばし

松の葉に雪が積もって鼻にキス

雪だるまでいた一日缶コーヒー

つまりまあ木の役なんだ聖夜劇

聖歌隊ビンゴカードの穴覗く

黒猫へくしゃみしちゃった逃げちゃった
かいつぶりショートカットにしたところ

新聞紙まめにまとめて風邪で寝る

雪の果て夜明けに風呂を使う人

飛び石で押し合う遊び春の雪

三月のアニメの聖地ハムサンド

菜の花はみんなバンザイをしている

このごろ

やあ

もったいない
だから
そのまま
もってかえった

じゃまになる
って
いわれたけれど

おしいれに
いれておくから
だいじょうぶ
って
いいはって

しまったまんま
わすれてしまって

さむいから
てぶくろどこだと
がさごそしたら

やあ
と、でてきた

みずたまもようの
ふくらんだまんまの
わたしのうきわ

ことしのなつの
うみのくうきを
いっぱいすいこんだ

うきわを
ぎゅっと
だきしめる

五月のある日、「先生、一年前の空気って、吸っても大丈夫かなあ」と、女子生徒から聞かれた。「一年前の空気って、どこにあるの」と聞き返すと、「浮き輪のなか」と言う。去年の夏休みに海へ出かけた。帰り際、浮き輪の空気を抜きたくなくて、そのまま持って帰った。春になって押し入れを開けたら、そのときの浮き輪が出てきた。去年の夏休みの空気を吸いたいのだが、からだに害はないだろうかということらしい。

ちょっとカビくさいかもしれないけれど大丈夫でしょう、と答えると、「やったあ。うちへ帰ったら、部屋を閉め切って浮き輪の空気を絞り出して、去年の夏休みの空気を満喫しよう」と明るい声を上げた。まわりにいた生徒たちがうらやましがって「いいなあ、私も夏休みの空気が吸いたい」と口々に言い出すので、「それじゃ、今日うちへ来る?」と話が盛り上がって、私は呆気にとられたのだった。高校三年生の話である。

そんなことがあって十年ほども経って、私はこども向けの詩集を作ることにした。こどもを主人公にした詩をいくつか作りながら、このときの体験も詩の形にして残すことにした。メモしてあったわけではない。高校生のなかでこども心が動くのを感じた瞬間、私のこども心もピピッと連動する。そうするともう忘れることはない。

詩として、まず散らし書きのように書きながら、なぞなぞにしようと思った。俳句は片言でありなぞなぞだ、というのがネンテン先生の論だ。つまり、俳句は問いと答えで成り立っている。〝貨物船〟の俳号をもつ詩人、辻征夫さんの句を例に挙げると、

満月や大人になってもついてくる

では〝満月とは何か〟という問いの答えが〝大人になってもついてくるものだ〟ということ。

俳句がなぞなぞなら、詩もなぞなぞだろう。そんなことを考えて、この詩は意識的になぞなぞにしようと思った。〝もったいないから、そのままもってかえって、おしいれにはいっているもの、なあんだ？〟答えの〝うきわ〟をタイトルにするわけにはいかない。それで「やあ」。

私の詩の出来はともかく、俳句でも詩でも答えを聞いた人が腑に落ちたと感じたとき、作品として成立したことになるのだろう。

鉄棒

だれもいない
鉄棒を
遠くから見ると

あのときの
わたしが
逆上がりの
練習をしている

わたしのおしりを

ささえてくれた手が
だれの手だったか
もう
思いだせないけど

こどもながらに
力いっぱい
おしあげてくれた
手があった

できそうにないなあ
もう
できなくてもいいや
うん
できないこともある

という思いまで
力いっぱい
おしあげてくれた
手があった

今でも
できない
やめよう
と思うとき
なんだか
もうしわけないような
思いがすっと
心をかすめるのは

あのときの手が

できるよ
と
わたしのおしりを
ささえようとするからだ

高校の入学式が終わったあと、各クラス、ホームルームに入って名簿順に着席する。ひととおり書類の配布や記入が済むと、どのクラスもたいてい自己紹介の時間。初対面の人のなかで、自己紹介をするのは誰にとっても緊張を伴う。新入生の場合、出身中学校の名前やこれから入ろうと思っている部活動の名前を言うのが無難なところ。そこに好きな食べものや漫画、芸能人の名前を加えて、ちょっと自分らしさをアピール。好きな作家を挙げて読書家ぶる子はまずいない。まして好きな詩人、俳人を挙げる子などお目にかかったことがない。

ある年の新入生、少し太り気味かなと感じるムーミンに似た男子、立ち上がって「○○です」と名乗ったあと、「逆上がりはできません」とひとこと言った。

もちろん狙いどおり笑いを取って、みんな、彼に顔を向けなおしたものだ。私も、そうきたか、と少し大袈裟かもしれないけれど、虚を突かれた思いがした。私は小学校時代、逆上がりができないコンプレックスをずっと抱えていた。なんで逆上がりなんかできなくちゃいけないんだろう、こんな動き、人生のどんな場面で必要になるというんだろう、というようなことを日ごろ考えていた覚えがある。大人になって、とっくに逆上がりコンプレックスから解放されていいはずなのに、それはまだ心の隅に小さくわだかまっていた。コンプレックスのコンプレックスたる所以か。それを彼、まだ少年の身で、それも初対面の顔ぶれの前で、あっさり告知して笑いを取るとは。彼の成長過程のなかで、いつその転機が訪れたのだろう。ひょっとして人間関係が一新する高校入学の、あの日がその転機だったのかもしれない。そして私も、あの日を境に逆上がりコンプレックスをふっ切れたような気がする。

秋のベンチに

秋のベンチに
一人いて

ふいに
こみ上げてくる
と、思えば
あくびだ

あくびかあ
の思いに

薄っすら
昨日が
にじみ

見上げれば
空の、
あれも
あくびだろうか

薄っすら
昨日が
にじんでいる

昼の月

琵琶湖のなぎさ公園をときどき散歩する。琵琶湖に向かって左手に比叡山や比良山が見え、正面少し右寄りに、冬場の空気の澄んだ時期なら、遠く伊吹山が見える。なぎさ公園には、ところどころ背もたれのついたベンチが置かれている。愛犬家の散歩コースでもあるので、びわ湖ホール近くのベンチの一つは、愛犬家の休憩スポットになっている。そのベンチでよく見かける年配の男性は、いつも膝の上にブルテリアを抱いている。ブルテリアは、顔がやたら大きくて長い。白い顔の目のあたりに黒いブチが入っていて、のっぺりとしか言いようのない表情をしている。そのブルテリア、暑い時期ならTシャツ、寒い時期ならセーターを着ていて、裸体?でいるのを見たことがない。飼い主と一体化して見えるせいか、飼い主がアクビをしたら、ブルテリアもアクビをしそうな気配だ。

私はどうもベンチからアクビを連想しやすい。それはたぶん、ベンチが二人掛けであるせい。些細なことだが、私は二人掛けのイスに一人で座ると、瞬時にくつろいだ気分になる。私のとなりに、もう一人座れるゆとりがある。でも誰も座っていない。私は今、ゆとりと肩を並べているんだなと思うと、背もたれにゆったたりもたれかかって、足を思うまま前方へ投げ出したくなる。アクビの一歩手前である。

このごろ

このごろを
ころっところがすと
このごろは
ちょっところがっていって
しゃがんで
風に吹かれて
涼しい顔をしている

それで
もうすっかり秋なんだな

と思う

このごろは
いつも
そのへんにしゃがんでいて
わたしは
たいてい気づかずにいる

遠くの人に
手紙を書こうとして
ふと
このごろを思いだす
それで
ちょっとそこまで
さがしにいく

このごろを
このごろの
背中をみつけて
どう、
と聞く

とたんに
このごろは
ふり向いて
いわし雲を見た、とか
萩の花が散った、とか
おしゃべりになる

わたしが

ふんふんとうなずく

このごろが
ぐんぐん上気して
でんぐり返りをする

「遠くの人に／手紙を書こうとして」の「遠くの人」とは、川崎洋さんのことだ。私は、川崎洋さんに何度も手紙を書いた。川崎洋さんへの手紙に、まさか「早春の候」とか「暑さ厳しき折」とか、そんな〝手紙の書き方〟に載っているような時候の挨拶を書くわけにはいかない。それで私は手紙を書く前に、いつも外をぶらぶら歩き回った。何かちょっと珍しい季節感を伴ったものはないか、川崎洋さんが住んでいらっしゃる横須賀とはちょっと違っていそうな季節の気配はないか、その〝ちょっと〟を探しに、顔を上へ向けたり下へ向けたりして歩き回った。まだ俳句を始めていないない時期である。

私は二十代の半ばから詩を書いているが、詩を書きはじめた理由ははっきりしている。教員になって数年たったころ、中央公論社の『現代の詩人』シリーズを第一巻から順に読んでいた。このシリーズは、詩の下の欄に緑色のインクで解説が載っていて、その解説も面白くどんどん読み進めていた。そして第八巻『川崎洋』の巻にきたとき、そのなかの「海で」という詩に出会い、私の詩に対するイメージがすっかり変わってしまった。

「海で」は、こんな作品。「ぼく」が、宮崎の浜辺で、二人の若者が海の水を空きびんに詰めているところに出くわす。〝何をしているのか〟と問うと、〝ぼくら生まれてはじめて海を見た、海は昼も夜も揺れている、だから海の水を持ち帰り、盥にあけて、水が終日揺れるさまを眺めようと思う〟と答える。「ぼく」が変に感激して、その話を宿の人に話したら、

あなたもかつがれたのかね
あの二人は

近所の漁師の息子だよ
　と云われたのです

と結ばれている詩である。

漁師の息子だなんて、さすがは海のプロ中のプロ、海のネタでかつぐにも、やり口が一流だ。それにしても、こんな人と人との関わりもあるのだなあ、と、私は世の中を再発見したような気持ちになった。


そんなある日、たぶん美容院で、だったと思うが、『ミセス』という雑誌を読んでいて、〝詩苑〟という詩の投稿欄をみつけた。見開き一ページに、入選とか佳作になった作品が五つ六つ載っていて、その選者をされているのが川崎洋さんだった。

そこで私は思った。詩を書いてここへ投稿したら、川崎洋さんにファンレターが書けるな、と。このとき、川崎洋さんへの通路をみつけたぞ、と気分が急に高揚したのを覚えている。と言っても、それまでは小学生の時に宿題で詩を書いたくらい。しかしそこはもう、ファンの一念で、ここは何としてもファンレターを書こう、つまり詩を書いてみよう、と思った。

最初に投稿した「届かなかった嫁さん」がすぐに入選になり、誌面で川崎洋さんの選評もいただいた。"詩苑"は入選すると、賞金として五千円をもらえる規定になっていた。五千円もうれしいが、何より川崎洋さんの選評をいただけることが、私の詩を書く原動力となった。そしてこころに決めた、川崎洋さんが私の詩の先生だ、と。

『ミセス』は毎月七日の発売だったが、京都の京極に小さな本屋があって、そこは、一日前の六日の夕方になると、店頭に最新号を出す。そのことに気づいてから、毎月六日の夕方には、職場から駆けつけるように、その本屋へ向かった。京極のあたりも、今では大型書店が増えたが、その小さな本屋は今も健在で、その前を通るたんびに、『ミセス』に投稿していたころを思い出す。

私は、毎月投稿して、毎月入選した。そのころのほかの入選者の方からは、詩のテーマの切り取り方にしろ、言葉の技法にしろ、長く詩を書き続けている人、という印象を受けた。その方々の作品、そしてその作品に対する川崎洋さんの選評を、私は何度も熟読した。入選作品なのだから、評の中心は賛辞であるが、中には難点の指摘もあった。私も、後日第一詩集のタイトルにした「豊穣の女神の息子」について、最後の一連が散文的すぎる、という指摘をいただき、すぐにその部分を書き直した。そうした難点の指摘を特にありがたく読んだ。

そして、これだったら〝詩苑〟で選んでもらえるだろうか、という基準を、少しずつ、感覚として身につけていった。その基準は、その後もずっとからだに染み込んでいるように思う。

私が投稿を始めて一年足らずのうちに、川崎洋さんの選者としての任期が終わった。詩を書く目的を失った私は、その後ふっつり詩を書こうとこころを働かせることがなくなった。

ところが数ヶ月経ったころ、川崎洋さんから、どこかへ投稿していますか、という旨の葉書が届いた。そのことは予期しない驚きだった。敬愛する詩人から、直接葉書をいただくなんて。これは、詩を続けなければならない、と思った。そして、『詩学』へ、さらに、川崎洋さんが新しく選者を始められた『詩の雑誌』へ、と投稿を続けた。

そんな折、川崎洋さんが新しく出される『あなたの世界が広がる詩』（小学館）の中の一章として、「豊穣の女神の息子」を取りあげて下さった。それは私にとって僥倖と言うべき出来事だった。他の章に取りあげられている方々はつとに高名な詩人ばかりである。また、続いて『嘘ばっかり』（いそっぷ社）に「届かなかった嫁さん」を紹介して下さった。私は、詩集を作ろうと思った。詩の数は足りないようだし、詩集の作り方も知らないけれど、とにかく動き出そうと思った。そうしてまとめた第一詩集『豊穣の女神の息子』（花神社）に、川崎洋さんにお願いして、温かい文章を寄せていただいた。

私は折々、川崎洋さんに手紙を書き、度々お返事をいただいた。真っ白の美しい表紙の『櫂』や、次々に出される新しい御本を送って下さった。中でも〝こどものとも　年中向き〟シリーズの『なみを／ばけつに／くんだらば』（福音館書店）は、うれしかった。私の大好きな「海で」の詩につながる絵本だったから。絵本の最終ページに、こんなことばがある。

なみを　ばけつに　くんだらば
しーんと　しずかに　なっちゃった

仕事から帰って、届いていた包みの封を開けたら川崎洋さんの絵本が出てきた。それは、忘れられない幸せな思い出である。

二〇〇四年十月、新聞紙上で、川崎洋さんの訃報を知った。葬儀に参列するために乗った電車の窓から、私は、はじめて横須賀の港を目にした。お若いころ、この町で、川崎洋さんは働いておられたのだ、と思った。ありがとうございました、と、お世話になりました、の思い以外なかった。

川崎洋さんが亡くなられてから、私は、琵琶湖へ出かけることが多くなった。岸辺に座って、うち寄せる波を眺めていると、

ぱたり　ぱたり　とひるがえっている波が
その限りない繰返しが
海を思い浮かべないときに
全くあずかり知らぬ間に
私を癒してくれている
ということがあるかも知れぬ
（「海」部分）

という、川崎洋さんの詩の一節が、自然とこころに浮かんでくる。

お会いしたのは一度だけだった。二〇〇一年八月、「福井実践国語の会」が主催された、川崎洋さんの講演会の場だった。前年に出された『こどもの詩』（文春新書）について、朗読を交え、お話ししてくださった。お会いしたのは一度だけだったが、いつも遠くから私のこころを後押しして下さった。本当にありがたいことであり、こんな、人と人との関わりもあるのだ、と思う。

琵琶湖の波を眺めながら、川崎洋さんが宮崎の浜辺で二人の若者に出会われた、あの浜辺から、私は詩の方へ歩きはじめたのだ、と考えた。

ヨガマット

猫柳ルームシェアなら年下と

春の蚊をつかんで放すヨガマット

囀りやつられて動く太極拳

迷いネコ捜すポスター春燈

パイ生地を畳めや畳め百千鳥

新調の服で過ごして木の芽和

パジャマから出てパジャマへ帰る遅日

二の腕を比べ合っている新緑

文庫本kgで売る緑陰

ソーダ水爪半月を見せ合って
指を置くラムネの窪み恋なのか

密談が好きもうキャベツなんだから

キャベツMキャベツLまで深呼吸

フェアトレード

大縄を飛んで抜けたら夕燕

雨の日の噴水我をもてあます

噴水を傘で撃退して一人

地下鉄やバナナケースがバナナぶる

昼休み三方向へバナナ剥く

ががんぼを吹いて禁煙する人も

行き当たりばったり歩くバッタ跳ぶ

蟋蟀や服を着るまで手足に毛

黄鶺鴒分水嶺を越えて駅

冬日向フェアトレードのチョコ齧る

円陣はベビーカーです兎見る

セーターの犬や自制心に期待

連絡網の末端にいて炬燵

校歌

風に乗ってやってきた

～杭州日本人学校校歌～

作曲　平田あゆみ

風に乗って
やってきた
ひとつぶの種のように
この大地に芽吹き
枝いっぱいに
葉を茂らせよう
めぐりゆく季節の
陽ざしをあびて

青い実りが
色づくように
きっと届けよう
きっと届けよう
たしかさを
未来へ

潮が変わり
寄せてくる
限りない海の意志よ
この大河に向かい
波の力
いま受けとめよう
おだやかな西湖の
岸べをめぐり

沈む夕陽に
こころも染まり
もっと語らおう
もっと語らおう
ともだちと
いのちを

虹が遠く
かかっても
気づかない人がいたら
指さしてともに
胸ひらき
空見はるかそう
ひとりじめできない
幸せみつけ

水と光の
不思議のように
そっと伝えよう
そっと伝えよう
やさしさを
世界に

＊杭州日本人学校は、二〇〇八年四月開校。二番の歌詞は、杭州の名所、銭塘江の逆流と西湖の夕照で構成した。

京都市の教員をしていたご縁で、京都市立学校の校歌をいくつか作らせていただいた。作らせていただいた学校を制作順に挙げると、

京都市立洛友中学校
京都市立堀川音楽高等学校
京都市立東山総合支援学校

京都市立御所東小学校（平成三十年四月開校）

作曲はすべて、作曲家であり、京都市立堀川音楽高等学校の教諭をされている平田あゆみさんだ。

杭州日本人学校は、京都市から多紀俊秀さんが初代の校長として赴任されていて、そのご縁で声をかけていただいた。校歌制作時、私の勤務校も平田あゆみさんの学校も二期制で秋休みというのがあったので、そのタイミングで校歌のお披露目を、ということで、二人一緒に杭州へ招待していただいた。

折しも杭州は、キンモクセイの花盛り。杭州のキンモクセイは日本のオレンジがかったキンモクセイと違い、淡いレモンイエローだ。でも香りは変わらない。この旅では行く先々で、キンモクセイの香りに迎えられた。平田あゆみさんには、日本創作童謡コンクール優秀賞を受賞された「きんもくせいのみち」というすてきな曲がある。それでキンモクセイの香りのなか、その曲を自然に何度か口ずさんだ。

杭州日本人学校では、こどもたちと校歌の練習をした。私がふだん活動しているこどもミュージカルのレッスン法で発声練習をしたあと、平田あゆみさんが歌唱指導をされた。練習が終わって校長室でお茶を飲んでいると、窓から何人かのこどもたちが、交互に飛び上がって覗いているのが可愛かった。

杭州では、毛沢東の別荘をホテルに改装した西子賓館という高級ホテルに泊めていただき、現地のガイドを付けていただいて、あちこちの名所を回った。二人で写真を撮り合ったり、二人並んでガイドさんにシャッターを押してもらったりした。霊隠寺の、東屋のようなところの長椅子に腰掛けているとき、平田あゆみさんから、ちょっと椅子に斜めにもたれた方がいいですよ、とアドバイスをもらった。その方が、リラックスしたいい感じの写真が撮れるらしい。半信半疑でやってみたら、確かにそれまでにない柔らかな表情の写真が撮れた。それまで、どこかしら緊張しつつ写真に写っていたんだ、ということがそれで分かった。

それ以来、私は写真に写るとき、どこかもたれるところはないか、とまずパッと見回す。けれど、なかなかそううまい具合にいかない。高校三年生の担任としてて卒業アルバムの写真に納まるときなど、最前列の中央で相変わらず、しっかりこわばって目を見開いている。

俳句王国　～ＮＨＫ・Ｅテレ

主宰　寺井谷子さん（二〇一〇年五月放送）

題「歌」

校歌なら今も歌える樟若葉

題「麦飯」

麦飯に変えて合宿アーチェリー

主宰　夏井いつきさん（二〇一一年五月放送）

題「歌う」

合唱の息溶け合っていく新樹

題「虹」

一斉に虹見るボランティア詰所

効果音

臘梅が咲いて琵琶湖が深呼吸

治虫忌や孵化器の卵やや動く

効果音キュッツは足音春の雲

春場所は塩をだいたい100g

三月のはじっこへ来て山頭火

桜蕊バトントワラー指せば降る

春愁やライスペーパー透かし見る

初夏や空に円盤いるような

蛇苺まじめに苺実習生

青梅のおいしそういやうれしそう
かたつむり持つ指かげん友に会う

豆ごはん家電の声はみな女

青葡萄仏和辞典に肘ついて

実南天みんな素数に見えてくる

学校歳時記

子カマキリ理系文系寄ってこい

季語「子カマキリ」(夏)

私は、詩を書きはじめて二十五年、俳句を作りはじめて十年になる。ずっと高校に勤めているので、創作の素材を、学校の中で拾うことが多い。高校生というのは、大人になりかけているものの、感性はこどもの部分も大きく、ちょっとちぐはぐな存在。そんな高校生の中から、ひょんな拍子に顔を出すこどもの感性に、はっとすることがあり、そんな驚きが、私の詩のモチーフになっている。

どこの学校も、もうすぐ遠足のシーズン。京都近辺の学校は、近江舞子など琵琶湖の岸べで飯ごう炊さんをすることが多い。五、六人の班ごとにメニューを決めて、炉を囲む。焼き肉や焼きそばが定番メニューだが、三年生ともなると、ひと班のメニューの予定表に、定番のほか、たこ焼き、カレー、クレープ……と並んでいて、「で、どれにするの」と聞くと「全部」と言う。「最後の遠足だから、心残りのないように、希望に上がったものを全部作る」という具合だ。

琵琶湖の岸べではこのころ、小判草がサラサラと風に吹かれているし、カマキリの卵が孵化しそうな時季だ。小学生の時、カマキリの卵を机の引き出しに入れておいたことがある。ある日引き出しを開けると、孵化が始まっていて、乳白色の子カマキリが無数にからみ合って、うごめいている。これは私では育てられないと、慌ててもとの草はらへ戻しに行ったのだ。

ただ、あの時の子カマキリが徐々に緑色になっていくところを観察してみたかったな、と今でも思っている。生徒たちがカマキリの孵化に出会ったら、どんな反応をするのだろうか。

マジシャンになれ流星を浴びたなら

季語「流星」（秋）

夏休みに入っても、高校では進学補習だ、部活動だと毎日登校する生徒が多い。とは言え、校舎の中の人口密度はすっと薄まり、廊下には光の粒子が棲んでいるようだ。

そんな時、卒業生がふらっと訪れることがある。ある年訪れた卒業生が「友だちの手品を見てやって下さい」と言う。その友だち、トランプを取り出すと、たちまちトランプを生き物のように操りはじめた。聞けば彼、デパートの手品用品の売り場でアルバイトをしているらしい。子どもたちの前で実演するので、先輩の店員に教えてもらいながら、日々研鑽を積んでいるのだとか。「この中から、一枚引いて下さい」と言われて、私、何でこんなことやっているんだろう、と思いながら、神妙にカードを引いたのだ。

去年は教室で、一年生が手品をしてくれた。それは、身近な硬貨を使った手品。

左手に硬貨を握って、その上に右手を重ね、エイッと気合いをかける。すると左手の甲に硬貨が移動する。次々に何人もがやってくれるので、どうも中学時代に流行った技らしい。一人の子が、違うのをやってあげる、と言うのだが、胸のあたりで消えるはずの硬貨がチャリンと床に落ちてしまう。「おまえ、一回で決めろよ」とまわりから野次られながら、何度もやり直すはめになった。

大がかりなイリュージョンで、マジシャンが無事、水中から脱出できるのか、とハラハラするのも面白いが、この硬貨のマジック、次の授業のベルが鳴るまでに果たして成功するのか、とハラハラするのも、なかなか面白い。

解き方を教え合っている短日

季語　短日（冬）

私は、便箋や封筒を買うことが多い。横浜へ行った折、ランドマークタワーの売店で、珍しい便箋をみつけた。海図が描かれた便箋だ。この製品は、海上保安庁の廃版海図を再利用したものです、と但し書きがある。思わず、どこの海だろう、と一枚一枚みつめてしまう。水深の浅いところを示す水色がさわやかで、島々を見下ろしているような気分になる。限りなく気持ちが拡がるが、これも裏紙と言えば裏紙だ。

学校でも、早くから裏紙の再利用が盛んだ。生徒へ配るプリント類は、どうしても少し多めに印刷する必要があるので、余ったものを決まった箱の中に溜めていく。そんな裏紙には、後日、教員向けの資料が印刷される。私は国語の教員なので、資料の裏が数学や物理のプリントなら、印刷してある内容は模様のようなもので、すぐに表裏の区別がつくが、裏が国語のプリントだと、どっちが表なのかなあ、と一瞬考えてしまう。

ずっと以前、まだ裏紙に印刷する、という発想がなかった時代、裏紙は、生徒たちが自習する大きな部屋の、箱の中に集められていた。自由に使って下さい、と張り紙した箱に、あらゆる教科のプリントがどんどん重ねられていった。生徒たちは放課後、次々に裏紙を取っては、数学の問題を解いたり、英単語のスペルの練習をしたのだ。

今でも時々、裏紙ありませんか、と職員室へ聞きに来る生徒がいる。新しいルーズリーフがもったいない、というより、新しい紙には緊張感が伴う。裏紙には、気楽に始められて、失敗しても気にならない包容力がある。

苗札もモアイも遠い空を見る

季語　苗札（春）

高校には、校舎がいくつかに分かれているところが多い。そこには当然、中庭がいくつかできる。中庭には、プロによって整然と手入れされているゾーンもあれば、空き地と呼んだ方がいいようなゾーンもある。

そんな空き地の一画が、知らぬ間に耕されていることがある。それは、生物部のしわざだ。耕された区画には、活きのいい苗が幾種類も並んでいて、そこに、立て札が挿してある。白いプラスチックの板に、「草花栽培中」とか「野菜観察中」とか書いてあるのだ。そして、そんな立て札の中に、「部員募集中」という札も混じっている。勝手に苗に触らないで、と部外者を閉めだしながら、ちゃっかり部外者を引きずり込もう、という作戦だ。苗の合間の、「部員募集中」のメッセージを見ると、苗たちが部員を募集しているようにも見える。

中庭と言えば、片隅に百葉箱が設置されている学校も多い。そこは、地学部の領域だ。百葉箱は、温度計と湿度計が入った、白い小屋型の木箱。立っている高さが人の背丈に近いせいか、何となく人に対するような親しみを感じる。地学部以外の生徒は、特に百葉箱に目をとめている様子はないが、卒業生が、ふらっと母校を訪れた時に、ああ、やっぱり同じ場所にある、と懐かしく思うものの一つに、百葉箱も入るだろう。

気象庁では、もう百葉箱を使用していないらしいが、地学部員は毎朝、百葉箱の扉の鍵を、職員室に借りに来るのだ。

逆さの私

春風を孕んで浜へレジ袋

曇りのち快晴ときどき寄居虫

チアガール一人せっかちみどりの日

薄暑光スーツケースに乾燥剤

スプーンに逆さの私チョコアイス

自転車は立ち漕ぎ瀧音が間近

草の実や顔をこすった手に絵具

ジャガイモをこぶしと思う午後六時

栗消える手品パカパカ紙コップ

詩　『奥の細道』

庭掃いて出でばや寺に散る柳　芭蕉

風景

柳散り
稲穂はなびき

旅の道は
一本道になりやすい

一本道は
坂を下り
橋を渡り

向こうの山裾を
回っていくようである

あの見えるところまで
はやく行きつきたい思いと
ここから見えるものを
もっと数えていたい思いと
私はいつも
風景の入り口のようなところに
立ってしまう

風景に向かって
おーい
と、呼びかけたら
私のまわりに

さわさわと風が立つので
風に手を通した
旅のからだが

いそいそと
風景の中の
ことばをつかまえている

二〇〇五年秋、金沢で「現代詩で綴る『おくのほそ道』加賀の芭蕉」という催しが開かれた。芭蕉は、加賀路で九句を残している。その一つ一つの句に現代詩を付けて朗読しよう、という企画だった。

その年の初夏、私が石川県出身だということで、催しの発案者である石川詩人会の砂川公子さんが、参加しませんか、と誘ってくださった。一人の詩人が二句ずつ担当して詩を創作するのだが、句のなかのことばを詩のはじめに使うというルールがあるとのこと。砂川さんは続けて、こんなふうにおっしゃった。

「山本さんの『あまのがわ』は温泉の詩だから、山中温泉の句に付けて『あまのがわ』を朗読してください。そこは新たに作らなくていいです。朗読のバックに、温泉の湯煙が上がっている写真を映しますよ。

もう一句は、山本さんは大聖寺（地名）の出身だから、芭蕉が全昌寺（大聖寺にあるお寺）で詠んだ句を担当してください。そこは新作でということになりますが、全昌寺は『おくのほそ道』では加賀路の最後に当たるので山本さんがトリをとることになりますよ」

トリをとらせていただくなんて責任重大だと思ったが、全昌寺はこどものころ、たびたび境内に入っていた、なつかしいお寺だ。全昌寺の境内には夏になると決まって、一面に丈の低い白い花が咲く。その花はよそでは見かけることがないので、門の外からその花が咲いているのを見かけると、ちょっと中へ入って、そばで見たくなるのだ。全昌寺の句を担当させていただくなんて思いがけないご縁だ、と私は喜んで誘いに応じることにした。

そんな事情で、それから『おくのほそ道』の全昌寺の段の前後を、何度も読み返すことになった。山中温泉で、同行していた曽良が腹をこわし、芭蕉を残して一足先に伊勢を目指して旅立っていく。山中温泉を出発し、全昌寺に着いた芭蕉は、前夜そこに泊まった曽良の残した句に出会う。

夜もすがら秋風聞くや裏の山　　曽良

芭蕉も同じ秋風を聞きながら「一夜の隔て千里に同じ」と嘆じている。同じ所に泊まりながら、時をたがえているために、師弟、相会うことのないわびしさがしみじみと伝わってくる。何度も読むうち、『おくのほそ道』の中で、最も芭蕉の人情がストレートに伝わってくる段ではないか、とさえ思えてきた。

七月、他の出演者の方々とフィールドワークをすることになった。芭蕉がたどった加賀路をともにたどることによって、現地の風や光を感じながら、それぞれが詩作のインスピレーションを得ようという目的だ。ここで、まだ名前を挙げていない他の出演者の方のお名前を記しておく。大西正毅さん、小池田薫さん、柴山優さん、中谷泰さん、松下奈緒子さんだ。

当日の朝は、金沢から二台の車に分乗し、まずは小松の多太神社へ。その日は多太神社のお祭りに当たっていて、謡曲『実盛』が奉納されていた。その謡曲を聴くために、この日が設定されたらしい。

その後、那谷寺へ向かう。那谷寺の住職さんのお宅で、芭蕉筆の掛け軸を見せていただく。

それから山中温泉へ。医王寺にて、芭蕉が滞在していたころの山中温泉の絵図を見せていただく。また芭蕉が残したと伝えられる竹製の杖を、代わる代わる持たせていただく。この杖、私の身長でちょうど使いよく、芭蕉の身長はどれくらいだったのだろうか、と考えた。また「芭蕉の館」前にて〝芭蕉に別れを告げる曽良〟の像を見る。

そして、午後三時を過ぎたころ、全昌寺へ到着。境内に入ると四十年前と変わらず、あの白い花が一面に咲いている。お寺の女性に尋ねると、銀杯草、俗称ニワギキョウという花らしい。堂内では、杉風が彫ったと伝えられる芭蕉座像を、特別に手にとらせていただく。ひっくり返すと底のところに、ちゃんと足先まで彫ってあるのだった。

私はこの日、大聖寺に一泊する予定だったので、ここで、金沢へ帰っていく他の出演者の皆さんと別れることになった。全昌寺の駐車場で、次々に車に乗り込む皆さんに、挨拶したり、手を振ったりする。そうこうするうち、急に名残惜しさがこみ上げてきた。当日の朝、初めてお会いした方ばかりなのだが、半日の間、同じ目的で同じものを見聞きし、期日までに詩が書けるでしょうか、などと共通の悩みを話し合ったりしているうちに、いつの間にか、そこはかとない一体感が生まれていたのだった。全昌寺に一人取り残されるわびしさを感じながら、このわびしさ、全昌寺の段で曽良を思って芭蕉が味わったわびしさに少しは通じるのではなかろうか、と私はチラッと考えた。

＊

さて、朗読の話である。

私は仕事の傍ら、二十代のころから、こどもミュージカルの活動に参加している。学校へ行っている子、不登校の子、ハンディのある子が一緒になって『ピーターパン』や『オズの魔法使い』など、こどもたちに愛される作品を上演する場だ。それで、私は人前で朗読をする際、いつも〝ミュージカルひろば　星のこども〟を主宰しておられる増田明さんに、朗読のレッスンをしていただく。

芭蕉が全昌寺で読んだ句は、

庭掃いて出でばや寺に散る柳

である。これは、芭蕉が全昌寺を出発するとき、若いお坊さんたちが紙と硯を持って追いかけてきたので、草履を履いたまま書きつけた、とある。

当時、禅寺に宿泊した者は、泊めてもらった部屋や庭を掃除して旅立つのが礼儀だったらしい。芭蕉はその日、越前の国へと気がせいていて、そこのところをちょっと失礼、という趣旨の句。

この句は挨拶の句だから、まず〝御礼の挨拶の練習からしよう〟ということになった。それで私は、レッスンに付き合ってくれる仲間に向かって、正座して三つ指をつきながら「お世話になりました」「ありがとうございました」と頭を下げた。そして「ご飯もおいしゅうございました」「お布団も快適でございました」「本当によくしていただきました」などと、思いつくままに続けていって、からだの中に感謝の息をふくらませる。

その後「庭を掃いてから出たいのですが」「先を急いでおりまして」「本当に失礼いたします」と続けていって、恐縮の息を付け加える。

そして、息がつかめたところで、改めて「お世話になりました」「本当に失礼いたします」と挨拶し、それと同じ息で「庭掃いて出でばや」と声に出す。そうすると「庭掃いて出でばや」の声の中に、間違いなく感謝と恐縮のメッセージを吹き込むことができる。

「現代詩で綴る『おくのほそ道』加賀の芭蕉」の催し当日には、三百人の観客。朗読の出演者は最初から最後まで、舞台上の椅子に座っている。私は暗唱で臨んだのだが、自分の出番まで、他の出演者の朗読を聴き進むうち、頭の中にいろんなイメージが混ざり合い、緊張も高まってきて、自分の詩を出だしのところから忘れそうになる。それで私は時々、こころの中で観客に向かって「お世話になりました」「ありがとうございました」というセリフを繰り返していた。その息をからだの中に再現すると、「庭掃いて出でばや」ということばがすっと出てくるのだ。ことばの糸口が引っぱりだせれば、あとはするすると糸をたぐるようにことばが出てくる。そんなふうに、私は何とかトリという大役を乗り切った。

「風景」という作品の中に広がっているのは、ふるさと大聖寺の風景だ。朗読をしながら、風羅坊芭蕉が、風景の中のことばをつかまえながら、越前の国へと旅立っていく後ろ姿を、遠くから見送っているような気がした。

私の十句

二階どうしボール投げ合っている遅日

高校は一号館から四号館まで校舎が並んでいて、各階、渡り廊下でつながっているというような作りが多い。昼休みにぷらぷら歩いていると、三号館と四号館の二階の窓から、バレーボールを投げ合っている男子を見かけた。窓ガラスに当てないくらいのコントロール力はあるらしい。それでも、時折ボールを地面に落とす。すると、中庭のベンチで弁当を食べている生徒が、代わる代わる拾いに行って、投げ上げてやっている。まったく、初めから気のいい他人の手助けを当てにした遊びである。一号館には職員室がある。教員の目の届かないゾーンならではの遊びである。

花疲れうどんは粉にもどりたい

二十代のころ、野口体操を創始された野口三千三さんの著書『からだに貞く』を繰り返し読んでいた。人体というと、骨に筋肉がくっついているというイメージ。ところが、野口さんのからだ観は、人体という皮袋に水がつまっていて、その中に骨や内臓がぷかぷか浮かんでいるというイメージ。そのイメージで、からだの内部を感じとりながら体操をする。野口さん曰く〝身のこなしがいい〟とは、からだが粉の集合体であるかのように、さらさらとなめらかに動けること。花見など、人出の多いところから帰ると、手足が伸びきったうどんのようになって、ぐったりする。早く粉にもどって、さらさらと布団に横になりたくなる。

焼肉に決めたレガッタ通過した

これは船団の会の紫野句会に出した句。もとは「牛肉に決めた」だった。ネンテン先生が「焼肉」にした方がいい、とアドバイスをくださり、おいしそうな句になった。ありがたい思い出である。琵琶湖の南から流れ出す瀬田川では、毎年五月、朝日レガッタが開催される。川沿いには、いくつかの大学の合宿所が並んでいる。一階が艇庫になっていて、二階が寝泊まりするところ。二階の窓には、Tシャツがずらりと干してある。洗っても洗ってもキリがなさそうだ。川岸からクルーの練習を眺めていると、私もお腹が空いてくる。瀬田の唐橋そばに、近江牛の名店がある。ちょっと張り込めば、石焼ステーキが本当においしい。

山んばのタラの芽見っけ山ガール

山んばは怖い、そしてお茶目。『三枚のお札』で「あずきゃあ、煮えろ。こぞうにつけて食ってやろ」と舌なめずりする山んばは怖いが、「おら、何にでもなれるど」と豆に化けて、和尚さんに食われてしまう山んばはお茶目。この山んば、和尚さんのお腹のなかで死んでしまった気がしない。和尚さんのお尻から、ぷうーっと逃げ出して「まいった、まいった」とからだをゆすりながら、山へ帰っていったような気がする。そして「やっぱ、ベジタリアンかあ」と、タラの芽を見つめてつぶやくのだ。その昔、山んばのテリトリーだった斜面を、山ガールは今日も朗らかに通り過ぎていく。

蜂の巣はからっぽあの人はのっぽ

我が家の周辺、〝信楽のたぬき〟率が異様に高い。各家の玄関に一匹、いや二匹。少しずつ大きさと表情の違うたぬきが、通い帳と徳利をぶら下げてウェルカム。呑み屋さんの暖簾の横には、ちょっと流し目のウェルカム。銀行ともなれば、これでもかと言わんばかりの巨大なウェルカム。大津市民のたぬき愛はすごい。かく言う我が家にも、三匹ほど。その一匹の体内にスズメバチが巣を作ったのだ。たぬきの背中に空いている穴から、スズメバチが出入りするのを見つけた時には、すでに体内めいっぱいに巣が膨らんでいた。蜂の巣は、やっぱり軒下なんかにちょこっとぶら下がっているのが愛嬌がある。からっぽなら、なおいい。

銭湯の人も金魚もみなはだか

こどものころ、家族で時々通っていた銭湯、男湯と女湯の湯船が隣り合っていた。そして、間の仕切りが大きな水槽になっていた。もちろん水槽のまんなかに岩肌の壁が立っていて、男湯と女湯は互いに見えない。岩の間には微妙なすきまがあって、金魚たちはそのすきまを通って、男湯と女湯を自由に行き来していた。母親たちが、十数えるまで湯船に浸かっていなさい、と言わなくても、こどもたちは水槽に近づき、十数えるよりずっと長く金魚を眺めていた。私もその一人。腹鰭や尾鰭の華やかな金魚たちを眺めながら、私は、自分が裸でいることが何だか恥ずかしかった。金魚が衣装を着ているように感じていたのだ。

缶詰に霧とか入れるから眠い

安曇野をレンタサイクルで走っていると、秋の収穫フェスティバルをやっていて、ワインの試飲や地元の水の試飲のコーナーがあった。私は、専ら水の飲み比べを楽しんだ。ワサビ田が広がる地域だけあって、水が清冽。同じ安曇野でも場所によって、水の味の柔らかさが違うことに驚く。無料の缶詰作りのコーナーもあった。中に入れるのは食品ではなくて、手紙。未来の自分へ宛てたり、他の人へ伝えたいことを書いたり。小さなこどもたちは、折り紙を折って入れている。私も手紙を書いて、缶詰にしてもらった。そして、摩周湖の霧の缶詰というものがあるのを思い出した。食品でない缶詰は、どうも開けるに開けられない。

春の日をがらんと過ごすバケツだよ

『船団』の特集〝何か、ものになって一句〟で詠んだ句とエッセイ。
私は「バケツ」になった。

小学校の廊下の片すみで、まわりにゾウキンとか、四、五枚もかけられて、終業のベルが鳴るまで、ぼけっと過ごすの、キライじゃないけど、ヒマなんだよね。自分で言うのも何だけど、わたしって、けっこう多機能なんだ。晴れた日に小川にでも連れてってくれりゃ、それなりに、実力を発揮させてもらうよ。メダカなら掬うも飼うもバケツだよ。

ふるさとの亀が銀杏につうべった

『船団』の特集〝一人旅〟で詠んだ句とエッセイ。
旅をした地は、石川県加賀市大聖寺。

十月下旬、ふるさと大聖寺へ旅をした。旅であって帰省でないのは、もうそこに縁者がいないから。石川ナンバーのドライバーに「大聖寺城址は、どう行けば？」と聞かれて、案内をする。

当てもなく歩くうち、卒園した「ケーキ幼稚園」のそばを通りかかる。こども心に、覚えやすい園名だと思っていたが、このたび園のフェンスに「京逵幼稚園」と漢字表記の看板をみつける。「京逵」って何だ？　五十半ばの私に意味が分からない「京逵」って何だ？

この五十年、わが幼稚園の名称を勘違いしたまま、いや正式名称を知った上でなお、意味が分からないなんて。

ネットによれば「逵」は道とある。都への道か。つまり大聖寺城にちなんだ名。漢和辞典でなく、ネットを使ったことで、「雪は天から送られた手紙である」という言葉で知られる中谷宇吉郎博士が、京逵幼稚園出身だと知る。博士、同窓でしたか。

ちはやふる神のまばたき燕来る

『船団』の特集〝好きな映画で一句〟で詠んだ句とエッセイ。

二〇一六年春、『ちはやふる』上の句の章と下の句の章を観た。①リタイアした直後で暇だった　②国語の教員だったので百人一首にちなんだ映画に関心があった　③地元の近江神宮で撮影された、ということより、某高校に勤務していた時に教室で毎日出会っていた生徒が、大きな役どころで出演していると知ったからだった。卒業生の仕事ぶりを知る機会はまずないが、スクリーンを通して「いい仕事してますね」と舌を巻いたのだった。

あとがき

俳句の世界には、自句自解という表現ジャンルがある。俳句とそれにつけられた作者のエッセイ、その間を行ったり来たりして、読み物として楽しむことが多い。俳句に限らず短詩型文学のことばは、省略が効いているぶん、非日常性が強い。スイレンの葉っぱの上の水滴のように、ことばが凛とした表面張力を保っているようで、向かい合うとき、やや緊張する。それに比べて、俳句につけられたエッセイは、日常のことばに近いぶん、読む者の緊張をちょっと和らげる。それで自句自解では、俳句とエッセイを交互に読むことで、ほどよい緊張と緩和を味わうことができる。一方、詩の世界では、詩に作者のエッセイがついて一冊を成している書物というと、新川和江さんに『詩が生まれるとき』（みすず書房）という名著があるほかは、ほとんど見かけない。

この二月、ネンテン先生から、船団の会の〝俳句とエッセイ〟シリーズが始まったので、山本さんも詩と俳句とエッセイで一冊作りませんか、とお誘いをいただいた。そのとき、これは自作の詩にエッセイをつける試みをするいい機会だ、と感じた私は、すぐにシリーズへの参加を決めた。

「学校歳時記」は、二〇一〇年度朝日新聞大阪本社版夕刊に「山本純子のはるなつあきふゆ」というタイトルで掲載されたもの。同紙生活文化グループの記者河合真美江さんのご尽力で、紙面では、山田詩子さんの思わず笑顔になるイラストをつけていただいた。他にも、毎日新聞大阪本社版夕刊の〝風の響き〟というコラムに掲載された文章や、ＮＨＫ第一ラジオ、ラジオ深夜便〝ないとエッセイ〟のコーナーでお話ししたことを、再構成した文章もある。それぞれ記者の方やラジオ深夜便のアンカーの方にお世話になった。

ことばとことばは、そばに置くことで相互作用を引き起こす。俳句と詩にとつけたエッセイを、そばに置いたら、そこにどんな関係性が生じるだろう。その関係性の中で、俳句という文学形式の特性を少しでも感知できるか。思えば難しい課題に挑んだようだが、そんな難しいことは抜きにして、この本を手に取り、読んでくださった方に、どこか一章でも楽しんでいただけたら幸いだ。出版に当たり、創風社出版の大早様ご夫妻に全般に渡り、大変お世話になった。深く御礼申し上げる。

二〇一七年　山の日

著者略歴
山本 純子（やまもと・じゅんこ）
1957年 石川県生まれ

2000年 詩集『豊穣の女神の息子』花神社
2004年 詩集『あまのがわ』花神社（第55回H氏賞）
2007年 詩集『海の日』花神社
2009年 句集『カヌー干す』ふらんす堂
2009年 朗読詩集・CD『風と散歩に』
ミュージカルひろば「星のこども」発行
2014年 少年詩集『ふふふ』銀の鈴社

俳句グループ「船団の会」会員
日本現代詩人会会員
鬼貫青春俳句大賞選考委員
佛教大学小学生俳句大賞選考委員

現住所 〒520-0043 滋賀県大津市中央三丁目5-3-2

俳句とエッセー 山ガール

2017年8月11日発行 定価＊本体1400円＋税
著 者 山本 純子
発行者 大早 友章
発行所 創風社出版
〒791-8068 愛媛県松山市みどりヶ丘9－8
TEL.089-953-3153 FAX.089-953-3103
振替 01630-7-14660 http://www.soufusha.jp/
印刷 ㈱松栄印刷所 製本 ㈱永木製本

 ISBN 978-4-86037-250-7